The Moon Also Rises

五十子尚夏

新鋭短歌

The Moon Also Rises

*

もくじ

I

夜という夜

枕詞のピロートークと訳されて夜のあわれを踊る流星

探査機が燃え尽きてゆく瞬間もナポレオンズの頭はまわる

この夜も朝へと空を明け渡し君はブルネットを搔き上げた

Too many　すべてを伝えられなくて　飲み干してゆく夜の冷たさ

真夜中に鏡面となる湖は誰かを想うたび星を吸う

五月雨に淡く傷つく皮膚をもつあなたの底へひかりを放つ

銀の義指波打つごとく思い出す海底ピアノの眠れる音を

同じ本手に取る二人が出会えない電子書籍の瞬く夜に

《I love you.》訳しきれない AIが冷却水に月を映した

停電の夜にあなたが美しく呼吸している音のみを聞く

口説き方忘れた夜のもし僕が…冷たい指で弾くシューベルト

3番が5番の頬にくちづける夜の王妃《クイーン》を落とせずにいる

一抹の不安重ねてゆくだけの make love へと誘うフロイト

デッサンを重ねた夜の輪郭を崩して DEEPKISS 堕ちてゆく

デュシャンではないことだけを確かめて夜の便座にうたかたの自慰

ティーバッグ浸したままのマグに寄る　消え入りそうなハロー、ミリアム

ぬばたまの夜通し君が弾くピアノソナタのように自由思想は

一夜という響きのなかに痺れたる上腕だけがいつまでも、ある
夜という夜の行き着く朝という朝まで君を抱きしめている

The Moon Also Rises

「あなたたちはみな失われた世代ね」と失われゆくその瞬間に
海までの一つひとつの標識が夏の終わりを囁いている
扁桃腺腫れゆくままに Baby…と誰かの歌詞を行くレンタカー

あか、あお、き、ビーチボールの色彩を僕らはいつか忘れてしまう

シュノーケルでは潜れぬ深さへシュノーケル外して潜ってゆく白き肌

遠浅の海の渚にファルセット響きわたって暮れる八月

この次に星を見上げるときはいつ？　みたいな台詞を埋める砂浜

本心もプラシーボだと笑ったら君は全てを閉ざしたシャーレ

地方色あふれるルールに縛られて切り札はまだ山札のなか

親友と自称する日のかねてからあなたのことが好きでした　夏

この街のどこかに今も残された公衆電話に夏の陽射しを

灰色の空に波紋を押しつけて水切り石が消えゆく九月

君がもう夏の終わりを告げたのでわたしの手にはディケンズがある

午後四時のペーパーバックに僕たちの未来はそっと閉ざされていて

論文の中のI《わたし》は思慮深く秋の夜長の中立地帯

永遠に回収されぬ伏線と夢見てもただ―preface―

指先の冷たさを知る指先で触れる液晶パネルのひかり

シャンプーの香れる君の黒髪がグランドピアノの黒鍵に降る

月のひかり濾過されてゆく夜にまたドビュッシーの譜面を開く

手のひらで雪を感じたあの冬の心もとないグレート・ギャツビー

ENTERを意志の強さで押す君がタッチパネルを使えずにいる

美しき飛躍に満ちて早春の光に透けるレポート用紙

水兵の帽子をさらうまっさらな春風だけを傍受していた

月影にリアリティがダンスして、リアライズする欲望がある

シャンメリーにあわくおぼれた金粉のすくいようもないぼくらだね

プレイエルに伏せたる君の背中へと月の光のとけゆく夕べ

ディレクターズカットに映す　永遠　は　アナタが　海　と　呼ンダ　荒野　ニ

誰よりも僕が愛していたらしい　ペドロ・ロメロの甘美な夢を
ゲシュタルト崩壊してゆく恋人と呼べぬあなたの記憶のなかに
そしてまた月を見上げる夜はあり使用禁止のピアノを鳴らす

サテライト

朝焼けのマーキュリーから夕刻のユレイナスへと向く羅針盤
夜想曲アレグロで弾く青年のСпутник《スプートニク》と呼びかけた美女
核心を突かれた夜のみぞおちへ処女航海として旅立ってゆく

月までを数秒で行く君の名のひかりと呼べばはつ夏の空

火と言いて灯す煙草の遠景に南十字星《サザンクロス》の産声を聞く

水性の安寧を知り水彩のにじむのもまた疑似恋愛

木製のハープシコードに指先が触れるや君は楽章を弾く

金属バット忘れられたる校庭に不意に予感は乱反射して

土埃髪にまとわるざらつきの手櫛やめざる君はうつくし

日は沈み闇が螺旋を描くとき君のそばにはいられなくなる

Do you copy?　星なき夜空に呼びかけた　どこかにきみがいるサテライト

子午線に貫かれたる真夜中のルフトハンザに居合わせぬ君

信じられるものひとつとひきかえに防犯カメラに映す口づけ

今ここに月のひかりは見えなくてドレスダウンしてゆく夕べ

地球儀を青きマトリョーシカとして　独立前夜　はつ夏の海

ピアノ線張りめぐらせた夢深く遠く星座を焼き切るひかり

さよならを言われるたびに北極星《ポラリス》の同心円は崩れてしまう

氷点下に目覚める夜の底で逢う深き緑のハレー彗星

青の時代（あるいは冗長な夏の抒情詩）

風はまだ春も知らずにその女性《ひと》が帰ればそこは夏のフィヨルド

かろうじて黒にならない色彩でそらを描いてた十七の夏

C'est la vie《セラヴィ》と雨降る街のひとがみなやさしいこともただかなしくて

リトマス紙付箋代わりに使ってるきみの空だけ降る星の声

七月は紫色ねと君が言う　咎められずにピアノを弾いた

銃口を突きつけられてる気がしてた無鉄砲なきみの要求に

〝He is a friend of mine.〟って言う君が無性に眩しい八月の午後

二桁のダイヤル錠に幸薄き君の微笑を留めたことも

みずうみに映るあなたがみずうみに映るわたしにくちづけて　夏

夏青く照りてあなたが打つサーブ・アンド・ボレーの美しき日よ

水瓶座の君を囮に八月のすべてをきっと出し抜いたはず

問いただす血液型《ブラッド・タイプ》の見返りに星の在処を告げる夕刻

月高くトラフィックライトの滲む夜　公衆電話に告げるアリバイ

月だけが唯だ目に見ゆる光だと少年四人に等しき青春

フラニーもゾーイも大人になれなくて夜から剝がれた緑の付箋

色褪せたジャングルジムの頂上で耳打ちすれば夏深くなる

辛酸を舐めつくしても青春は甘く誘う　傷口にジャズ

キーチェーンるると鳴らして果てしなく青き真夏の名もなき僕で

口づけの手慣れたような危うさに乱されてゆく青の時代は

無観客試合のような青春のハーフタイムに君がいた夏

ヤンキースの野球帽

君はまだ僕が見たことないはずの海の渚を聴き分けている

everyone が単数形だと知る春のきみもぼくも孤独のなかで

アイルビーバックとアイビールックとが戯れている日のクーデター

憂鬱な春の陽射しに深さ増すカーネル・サンダースのほうれい線

目を閉ざす　すべての風を受け入れる　あなたが跳んだベリーロール

ジーターの名前も知らずして君がかぶるヤンキースの野球帽

空論を机上に描く八月の美《は》しきハーマイオニー・グレンジャー

スコアリング・ポジションに立つ走者へと風の牽制球吹き抜けて

夏服の袖の白さを見つめ合い鋼のように飲み干すサイダー

三塁線鋭く抜いた白球を隠す夏草永遠に燃ゆ

暁の二塁手だったわたくしのシャドーピッチが黄昏に鳴る

ゆるやかにわずか一秒弧を描く夏の夕日に照るグラブトス

グローブを深く構える夏はもう来ないと知って踏みしめる土

九回の裏に斜線を引くような舌っ足らずの初恋でした

銀色の打球は消えて春の陽をただあそばせている野球盤

リレハンメルの冬

一枚の絨毯みたいなパリの夜の光を掬う航空写真

AIR MAIL開きたるとき赤青の地平をすべるペーパーナイフ

大それたことも確かに言ってみる国際線で君待つ夜半に

Montparnasse-Bienvenüe《モンパルナスビアンヴニュ》その駅の名に心開かるパリ14区

カンツォーネ高々と碧きアドリアは隣人愛を教えてくれる

Inside outと言って脱がされたシャツの祖国に君を想えば

バルセロナに振るアクセントの美しく未完のように呼ぶバルセロナ

深海を暗室として焼きつける肖像写真《ポートレート》はひかりの遺影

地球にはなれない気球、気球にはなれない海月のアクアリウム

フィラデルフィアと君が言うたび遠ざかるフィラデルフィアの遠い街並み

黄昏に夜の目覚めを聞いているセックス・アンド・ザ・シティにひとり

トラピストビールこぼれて月の灯はシスコ市警の銃身照らす

音楽をするひとはみな美しき種族《ひと》　ジャクリーヌ・デュ・プレも君も

リレハンメルの春夏秋は消えてゆくリレハンメルの冬と唱えば

一夏の情事残して発つ朝のシャルル・ド・ゴール国際空港

パリ再訪

もう10年も前のことになるな。羽田発パリ行の深夜便のなかで、ふと古い記憶がよみがえってきた。当時はまだ学生で、予算すれすれで確保した格安便は、確かクアラルンプールでのトランジットに十数時間も待たされた気がする。

「Excuse me, monsieur. Would you like something to drink?（お客様、何かお飲み物はいかがですか？）」

「Non, merci.（大丈夫、ありがとう。）」

断ってすぐに、寝酒用に赤ワインでももらえばよかったかなと思ったのだが、アテンダントはすでに後ろの客に呼び止められている。エールフランスと言っても、エコノミークラスはさして他と大差ないが、シャルル・ド・ゴールまで直行できるのは大いにありがたい。

パリを訪ねるのはこれが2度目だ。当時、留学生だった古い友人から突然結婚の知らせを受けた時は驚いたが、僕は遅い休暇を取って駆け付けることにした。残念ながら式には間に合わないが、友人のレストランを貸し切ってパーティーを開くのだという。僕は鞄からラップトップを取り出し、フライトは定刻通りの旨を友人のジャンにメールした。

彼とは10年ぶりだが、その10年前も、留学を終え母国へ戻った彼と夏のヴァカンスを過ごすため、僕はパリの地を踏んだのだった。ジャンは僕より2つ年上で、裕福な家庭の出らしい品の良さと天性の明るさを備えていたが、少年のような悪戯っぽい幼さがあり、大抵の場合それは女性にとって魅力的なのだった。

だからその晩、パリへ着いた最初の夜に、彼が僕との再会をすっぽかしたことも、その理由が、僕を出迎えに来たはずの空港で偶然出逢った女性と意気投合し、飲みに行くからだと言われたことも、さして驚きではなかった。彼もまた悪びれた様子はなく、この埋め合わせは翌日以降しっかりとする旨と、僕のために彼が取ってくれた3つ星ホテルのツインルームは、彼女と使うだろうから、一晩だけ適当に飲み明かしてくれ、と伝えてきた。また彼は、僕の荷物や貴重品は預かってくれるよう手配済みなので、レセプションで名を名乗るだけでいい旨に加え、ホテルのある10区から近いモンマルトルなら散策にもちょうどよかろうと、いくつか贔屓の店の名をリストアップして、メールしてきた。そんな彼の馬鹿丁寧に律儀なところが憎めないのだ。

空港からバスに乗り換え、パリ市内に着いたのは21時半をまわった頃だった。彼の計画通りにホテルに荷物を預け、ショルダーバッグと地図を片手に、僕はパリの夜へと繰り出した。異国情緒に浸るのに、夜のモンマルトルほど適した場所はない。ロシュアール通りを北へ抜けると、白亜のサクレ・クールは意外に近く、丘の上からは、パリの夜景が一望できる。見渡せば、数多の観光客がみな一様に、この都の夜装に目を奪われ、その煌きに魅せられている。僕自身まぎれもなくその一人だが、眼下に広がるのは、あるいは僕ら自身の驚嘆と羨望の眼差しそのものだろうか。今この瞬間、確かにこの体はパリにあるはずだが、ずっと胸に描いてきた憧れの地は、どこか手の届かぬはるか遠くに存在しているようだ。けれど、この街はどこまでも寛容であって、ある種の優越性をもって僕らを受け入れてくれる。所詮、僕らはよそ者にすぎないのだが、そうした外部をもってさらなる自己調和を成し遂げるあり方こそ、パリがパリたる所以なのだろう。アンティークな細い通りを当てもなく歩み、石畳を踏む感触と異国の匂いを全身に感じながら、僕もまたこの街の一部と化していた。

二十世紀の名立たる芸術家たちが愛した一角に別れを告げ、南へと下ってゆくと、再び雑多な喧騒が近づいてくる。すでに23時をまわっていた。長袖とは言え、薄手のリネンのシャツではさすがにこの時間は冷えてくる。ひときわ大きな通りに出たところで現在地を確認する。パリが何より便利なのは、あらゆる通りに（たとえそれがどんなに短く、決して通りと呼べるような道ではなかったとしても）名称があり、その名が建物の外壁に表示されていることだ。なだらかに下ってきた通りの名をルピック通りと認め、手元の地図でクリシー通りに出たことが分かる。地図を見て気づいたのだが、すぐ右手がムーラン・ルージュだった。その名のとおり、眼前には「赤い風車」があったが、意外にも実物は小さく、ネオンの灯りがなければ、そうとは知らず過ぎ去ってしまいそうだ。

赤い風車に一瞥をくれて、野暮ったいクリシー通りを抜けてゆく。とにかくどこかで一杯やってから、頃合いを見てジャンに連絡すればいい。そう考えていた矢先に、通りを一本内側に入ったところにちょうど適当なカフェが開いていた。Le Monde《ルモンド》なんてたいそうな名だが、お世辞にも流行っているとは言えそうにない。入れ違いに2、3人が出ていった今、どうやら客は僕だけのようだ。これで僕一人の世界《ル・モンド》だ。カウンターに座ると、しばらくして不愛想なギャルソンがオーダーを取りに来た。ハイネケンを頼む。

「Bonsoir.（こんばんは。）」

ハイネケンの残りが3分の1ほどとなったあたりで、一人の女性が店に入ってきた。褐色の肌に明るいブルネットを垂らし、安っぽいベロア地のコートの下は胸元を強調した黒のタンクトップとショートパンツというい で立ちだ。そこが定位置というように僕から1つ席を空けたカウンターに彼女は座った。若作りをしているがたぶん30は超えているのだろう。仕事の合間か、あるいは客の取れない娼婦ってとこか、と横目で無益な値踏みをする。何を注文したのかまでは聞き取れなかったが、どうやらギャルソンとは顔馴染みらしい。

「Do you have a lighter?（ライターもってない?）」

フランス人特有の訛りで、と僕は勝手にそう思ったが、ふいに彼女が尋ねてきた。

「Non, ah... désolée, Je ne fume pas.（すみません、ええと僕、吸わないんです。）」

予期せぬタイミングだったが、付け焼刃のフランス語で返してみたのは、異国の夜の為せる業だった。僕としては、〈すまない、悪いけど吸わないんでね。〉くらいの抑揚を効かせたつもりだったが、とにかく歓楽街を彷徨う東洋人にしては珍しくフランス語が通じるらしい、くらいには思ったようだ。今度は美しき母語で、そして恐らくあからさまな早口で何か言っている。さしずめ、〈ああ、フランス語話せるのね。あなた、見たところ観光客のようだけれど、こんなところ地元の年寄りくらいしか来ないわよ。〉ってとこだろうとは思ったけれど、彼女の表情から察するに、早くもブラフは見破られたらしい。

どうやらモスコミュールを持ってきたギャルソンに火を借りて、煙草を燻らせながら、彼女は英語でこう聞いてきた。

「So, what are you French-speaking guy doing around such a shitty place?（で、フランス語がお得意のあなたはこんなシケた場所でいったい何してるって？）」

主導権を握られた直後にしては、なかなか次の返しはよかったんじゃないかと思う。

「So, you speak English.（へえ、英語、話すんだ。）」

思わずふっと笑みをこぼした彼女の表情は、はじめに盗み見た横顔よりもずっと美人だと思った。はっきりとした目鼻立ちに誘惑的な唇は、例えるなら、ペネロペ・クルスをちょっと崩した感じだろうか。もちろん、これには化粧の力と記憶の美化によるところが大きいのだろうけど。

娼婦だというのは予想通りで、将来友人と店を開くために稼ぎがいるのだとか。パリ随一の歓楽街で観光客相手に商売するのだから英語なんか話せて当然と、彼女の言い分にもっともだと納得しながら、しばらくは他愛のない世間話を続ける。大学でフランス語をかじっているのだと言うと、彼女は自身の学生時代を懐かしんだ。残念ながら中退してしまったらしいが、ソルボンヌでヴェルレーヌを学んでいたのだという。ヴェルレーヌを知らない僕は、ハイネケンを片手に彼女が詩の一節を諳んじるのを心地よく聞いていた。

その後のことは想像に難くない。さしあたってドラマがあるわけでもなく、手違いで今夜一晩だけ泊まるところを探している、とそのまま事実を伝えると、彼女のアパルトマンへと誘われる。せいぜい200ユーロほどしか持っていなかったし、クレジットもパスポートもホテルに預けてきたので、まあ、ちょっと馬鹿を見てもいいかと、言われるままに彼女と店を出た。

Le Mondeから15分ほど歩いたところにある4階建ての古いアパルトマンの最上階に彼女は暮らしていた。エレベーターはなく、誰かとすれ違うときには体が触れそうなほど狭い階段を上った先に、くすんだ藍色のシックなドアがある。僕が住んでいる一室とさして変わらぬ広さの部屋には、どうやってあの階段を運んだのか不思議なほど大きなベッドの他は、スツールと本棚、小さなキャビネットがあるくらいの簡素なものだった。手持ちぶさたにスツールに腰かけ、馴染みのないフレンチポップスをかけてから、彼女がグラス2つを手にこちらへやって来る姿を目で追う。彼女から受け取った赤ワインは、赤さびのような香りがしてずいぶん酸化していたが、冷えた体を温めて酔いに身を任せるには十分だった。僕らはキスした。

アヴァンチュールの顛末はあっけなく、愛し合った後の余韻のなかでふと利己的な寂寞から、僕は不用意な一言を放ったらしい。

「Je t'aime à la folie.（ジュ・テーム・ア・ラ・フォリ。）」

何とも馬鹿げた発言だったが、当時の僕としては他意はなく、とっさに浮かんだ安っぽいセリフを口にしただけだった。〈そんなつもりじゃない〉とか恐らくそんなことを聞き取れぬ言葉で罵られた後、2分後には部屋を追い出されていた。捨てゼリフ代わりに手持ちのユーロを置いていこうとしたが、火に油を注いだだけで、すぐさま彼女に叩き返された。再びパリの夜に放り出された僕は、きっとただ、〈もう一杯ワインが飲みたい〉とでも言えばよかったんだろうな、なんて考えていた。赤ワイン以上に苦い後味のなかで、そういや彼女の名前すら聞いていなかったことを、今さらながら僕は少し後悔していた。

高度1万メートルの闇を映す窓外からラップトップに視線を移すと、ジャンからの返信が届いていた。本人が主役だというのに、相変わらず律儀な彼は分単位で僕をもてなすスケジュールを送ってよこした。大丈夫だと断ったのに、空港まで奥さんと車で迎えに行くと言ってきかない。どうやら2人で10年前の借りを返すつもりらしい。あの日、ジャンが空港で出逢い、3つ星のツインルームで愛を確かめ合った女性こそ、彼の生涯の伴侶となる人だった。

その夜は、今度こそ僕を迎えに来たジャンとマリー、僕の3人で、10年ぶりの再会を祝った。2本目のワインが空くころには、彼は何度も、〈あの頃は若かった〉とこぼしながら幸せを噛みしめている。すっかり酔い潰れているが、30を過ぎたというのにジャンの少年のような若さは何一つ変わらない。それは、この10年の間に僕がとうに失ったものである。

あの頃は若かった、なんてよく笑い話で過去を振り返ることがあるけれど、そんなときはいつも、まだ自分の若さを自覚していて、互いにそれを確かめ合っているにすぎない。どうしようもなく避けがたい老いを感じるとき、例えば9月のパリの夜の冷たい空気や、結局彼女の名を聞かなかったことに気づいた路地の匂いや、あるいはあの晩の赤さびた赤ワインの味が、とてつもなく懐かしい。

ジャンを介抱するマリーに、酔い覚ましに夜風にあたってくると告げて、僕はパリの夜の深くへと身をすべらせていった。

Ⅱ

Once Upon A Time…

あるふぁろめお、あるふぁろめおと零しつつ虚ろな星の下駆けてゆく

イタリックの傾斜今宵は深くなり中世的な郷愁が来る

月の夜　キャピュレット家の庭園にかつて僕らも若かりしこと
招かれざる客となる夜に黙したる感情としてプライドはあり
星月夜　などかあえなく触れるたび消えてゆくそのたましいであれ

時すでに遅しと告げる刺客あり朱雀大路に我を待ちたり

あの星がもしかこの世になきことを告げるもむなし応仁の乱

流鏑馬の射手があなたの一瞬の躊躇いを射ち駆け抜けてゆく

沈黙を持て余す夜の察するにドレスコードは裏切りである

僕のなかの、たぶんあなたに見せることなき聖域へゆけ、十字軍

ムルソーが（いやカミュでなくワインだが）滴る夜を生き延びている

言いそびれたことがあったと告げるとき〈そびれ〉に抜けてゆく風があり

私のただ一人なる客船があなたの運河深くへとゆく

愛されぬことだけを知り長月の詩人が籠城する胸の内

胸中は寂れた街の様相を呈してここに治外法権

門で閉ざした夜の片隅にチェロ・ソナタなど聴くは寂しも

誰しもの心にひとつあるという万華鏡へと夕陽を落とす

平成がこのまま閉じてゆくことを告げてさびしい住之江競艇

定形外郵便などと言うときもふと寂しさは押し寄せてくる

去り際の喩えそびれた感情にまたもや僕は躓いている

誰とでも先に目覚める黎明に、　とは言え僕の失態だろう

僕をやがて離れてゆくその逡巡にあなたは気づかぬふりをしていた

銀世界に一時停止のその人を僕はと言えば待ちわびている

内面へ沈みはじめた無人機に少年時代の塗装は赤く

フィリップ・モリスの煙に巻かれて（俗に言うアメリカ映画の顚末である）

ムーン・リヴァー

ムーン・リヴァー歌う窓辺に亜米利加の外階段は連なっている

アパートに押し寄せてくる客人の誰しも同じ顔、同じ靴

手に入らぬものが欲しくて早朝の静けさに立つ5th Avenue

赤く気の滅入る夜もあり一匹の名もなき猫を遊ばせている

無垢という時代を思い出すようにときおり外してみるサングラス

短編のなかに終わってゆく恋を紡いで久しきタイプライター

ピーナッツバターを掬う弟がいて姉がいた日曜の朝

キャンディにおまけがあっていつまでも大人になれずいる女の子
タクシーの後部座席で泣いていたあなたの嘘を見破れないで
晩年へ向かうあなたの声帯がやさしくヘルツを失っていく
幼少期の記憶に今も降り続く雪、駆け抜けてゆくイエローキャブ

ひとり、またひとり忘れてゆく夜のどこかで奏でているムーン・リヴァー

永遠の死

霜月のダラスめぐればケネディを狙い続けているオズワルド

Xを変数としてマルコムは揺れる座標に軌道を描く

ビショップに唆されたナイトにはマーティン・ルーサー・キングの夢を

未来から僕を殺しに来る僕を殺せず僕は過去へと還る

死を悼む黒衣の君が真っ白なイヤホンで聴くラフマニノフ

遠い日をただ思い出と言う君が彼の墓前に置くサリンジャー

砂浜に動かぬジープのラジオからボウイのシャウトが永遠めいて

あの夏のエニグマからの信号を壊れたラジオが拾う真夜中

「お金では決して買えない価値がある」アドルフ・ヒトラー未発表作

チェックポイント・チャーリーで待つ恋人の行方も知らぬ恋の道かな

モノクロームの帝都に消える天の詩を紡ぐ地上のピーター・フォーク

アイルトン・セナの心地で抜けてゆく午前0時の雨の市街地

そのときが来たら迷わず僕を撃て　忘れてしまう冬の王宮

いつか第十二次世界大戦の終わりに君と月で踊ろう

オズワルドの指震えつつ合衆国《アメリカ》が左折してゆくディーリー・プラザ

ザプルーダー・フィルムのなかで永遠の死を生き続くJFK

さらば二十世紀

プレイボーイの表紙に綴るフィボナッチ数列　さらば二十世紀
メルカトル図法で描かれた大陸にふたり敷きつめゆくベルマーク
赤電話鳴れば赤髪なびかせてベルリン駆けるラン・ローラ・ラン

探査機の名前のような子を産んで　朝焼け　スタニスワフ・レムの死

コルビュジェの黒き眼鏡のずり落ちた夢の続きに立つ美大生

シチリアのレモン畑の色彩を知らぬトム・ヘイゲンの憂鬱

めぐり逢いて見しやそのまま色褪せぬメグ・ライアンの金髪《ブロンドヘアー》

コーチ、プラダ、ヴィトン、エルメス　シャガールもダリも溶かしてゆく夏の風

バーバリーの格子崩して甲冑の騎士が聖夜を駆け抜けてゆく

コカ・コーラの瓶のくびれに晩夏《おそなつ》のひかりを揺らしていたアル・カポネ

傷深き車体に躰あずけつつデュラン・デュランを黄昏に聴く

マグダラのマリアあなたは母でした　世紀末へと残す私信に
ウォーホルの描く無数のモンローが二十世紀に取り残されて

Ⅲ

スキゾフレニア

遠雷に微か震える聴覚のどこかにあわれバイオリン燃ゆ

望遠鏡のはるか視界にひと房の星座を灯すオランダ商船

心臓に孤独を灯す人と乗るエミール・ガレの大観覧車

サイフォンがかなしい音で泣く朝はエル・グレコ的異国情緒を

幽閉のピアノ教師の横顔を捧げたきかのアルフォンス・ミュシャ

夭折のJulyに緋色の天蓋を　アルノルフィーニ夫妻像

さはれ今宵、三幕二場の半月はアラン・ドロンの横顔に似る

月光に影を濃くしてゲネプロの夜に妖しきマクベス夫人

フローレス・トスカ夜ごとに落ちてゆくａｂｃｄｅｆ字孔

聖五月　サロメの母が原潜に囁く夜のスキゾフレニア

A Thousand Kisses Deep

ローションが肌を覆ってゆく朝の傷痕さえも愛しいと言う

変声の頃に忘れた旋律は夜の彼方で虹色に降る

冬の裸体見つめ合う夜の目と鼻と口を覆ってゆく無声音

「自傷性　あり」と記され閉じられるクリアファイルに薄きカルテは

我もまた少数者《マイノリティ》だと知れる日に首通したるタートルネック

脈拍を探るあなたのやわらかな指を逃さぬくらいの握力

不意打ちのキスを許してその後は僕を患者として横たえる

口移しで溶かされてゆく自白剤脈打つ真夜のオーバードース

カテーテルで繋がっている僕たちは夢の続きをこわしてしまう

あの虹もホログラムだと見破ったきみを匿う白い病室

副流煙の白き世界に包まれて僕らはしばしば恋人である

ストックホルム症候群の恋人を失うまでを白夜は照らす

膝蓋腱反射のごとき口づけに惑えばやがて懐かしいひと

触れられぬガラスケースの内側になくした記憶の小児病棟

頸動脈に触れるあなたの白衣へと消えてしまった雪だねと言う

いつまでもあなたの耳を欺いていられるような十二月来て

アクロイド殺しを語る口調にて綴る君との往復書簡

リンス・イン・シャンプー掬う左手の先へ流れてゆくよ冬陽は

精彩を欠いた手つきで鍵盤に冬の渚の匂いを残す

両翼に月の光はそそがれて異国のように甘いくちづけ

冬の陽はやわらかく射し水色に開かれてゆくソナチネアルバム

開け放つ窓に射し込む春の陽が眩しくてまた、マズルカを弾く

サミダレと打つときこころは乱れてて遠のいてゆく月もふたりも

鍵盤の弾力を知る水無月のトロイメライは海へと流る

梅雨明けを告げるあなたの眼の奥にラグーンを抱く異界は開く

首筋にクリムトのキス香水の気化するうちに君は目覚めた

検問が敷かれる前にこの橋の上であなたにくちづけている

Episode 0と名付けし邂逅に編年体の記憶は燃えて

月のイザベル

もう一つのエンディングだというように目覚めた朝の月からの使者

夜を削ぎ落とした朝のshoreへとあなたは波として寄せてゆく

白きドレスのなかであなたは比喩となる帆船のごと風を孕んで

球体のどこを斬っても丸になる　あなたは恋をしているのです

あの月が落ちてきそうなこの夜のオッズを試す君との会話

クレーターのようなえくぼの深淵に不時着地点を見定めている

ペニンシュラホテルのロビーに泣いていたあなたの膝に溜まる月光

ふれいるてぃ　春の雪降る中庭に少女ふたりがくちづけ交わす

フルートを上手く吹けない春の夜の少女に告げる　まりあてれじあ
まひるまの月って感じの表情をふいに見せたるイザベル・ユペール
《そのピアノ買い取ります》と耳もとで囁く君に春は震えた

針のない時計のような満月が欠けてゆくから嫌いと言って

月光に侵されているわたくしに予知夢のごとく降るアスピリン

愛しさに気づけぬままに欠けてゆく月の光の降るソルフェージュ

髪の毛を巻きたるほどに美しい君が月へと還れなくなる

ファム・ファタール

アルベルト・ジャコメッティを思わせて女は眠る月の射す夜に

レイモンド・チャンドラーの名を出して口説く女の煙草のけむり

ガリレオとダーウィンだけが知っている運命の女《ファム・ファタール》の手懐け方を

月影に君を抱けばブルガリの波打ち際へと誘われゆく

ありふれたキス、キス以降、罪と罰、嘘、アダム、イヴ、目覚めれば、朝

「あの、場所を変えませんか?」と不意打ちのような誘いのすでにさなかで
《こんな夜、はじめてでした》指先を濡らす銀河系の除光液
村雨の露もまだひぬその肌にオー・ド・トワレを吹き掛けている

コンタクトレンズを落とす瞬間のあなたはほとんど完璧だった

クレンジングオイルに肌を湿らせて虹の不確かさに泣いていた

来ぬ人をまつしまななこの涙もて強がるきみもやまとなでしこ

PASSWORD思い出せずに試し打つすべてかなしき女の名前

合鍵を返してしまう晩夏《おそなつ》に推定無罪の夕暮れである

新月を抱く夜空にI must apologizeと切り出している

深爪の夜にあなたが好きだったエリック・サティを聴くことでしか

More Than You Thought

ヒースクリフと呼べば荒野を抜けてゆく風がかたちをなくした夜に

かなしみの名に生まれたらかなしみの名もなき愛に伏すトリスタン

You cry, I scream　その度にバイオリンの弦濡らす雨

アマティを震わせている君はまだ交響曲の真ん中にいる

雨だれの前奏曲《プレリュード》弾く君の手の甲に薄くぬるロクシタン

NoでありYesでもある沈黙を小さくうたう、梅雨入りである

「雨の日と月曜日は」を聴きながら君の背中にrainと描く

ハニホヘトイロハで弾いたエリーゼのためには誰のためでもなくて

何も求めずまた求められることなくただフジコ・ヘミングを聴く

小さくてピアニストにはなれぬ手で抱きし君の肩は震えて

五線譜を照らすセピアの月光がふたりを別つ夜の練習曲《エチュード》

いにしあてぃぶヲとれトあなたハ口癖ノような寝言をこぼすばかりで

肝心なことは言えずにHERMÈSのH《アッシュ》も息を潜めたままで

好きなんて言ってしまえる気軽さにあなたを真似ていたアニエス・ベー

春、花火、ハレー彗星、儚きはあなたの指のハリー・ウィンストン

解くことを必要とせぬ7番の縦にあなたの名を埋めてみる

いつでもここにいられるようなさびしさを想えばきみは饒舌だった

もう二度と上がれぬ舞台の幕間にキャサリンの名を一度だけ呼ぶ

Arpeggio a la Mode

朝を呼ぶはずのアルペジオが途絶えきっと調律師のサボタージュ

前時代的な理想でハイウェイを休符のごとく流れるセダン

チェリストが弦を切るときバタフライ・エフェクト　夏を震わせてゆく

イタリアに朝のひかりを弾きつつ調弦に身をゆだねしヴィオラ

チェンバロに光と影は戯れて朝空を切り抜く格子窓

ガリレオがとうに見つけた星ひとつ数えたこともふたりの前戯

雨傘のなかのふたりに遠雷は夜光塗料の煌きを見せ

Sing, Sing, Sing　冷たい挑発に震えるような通奏低音
ディンプルの深くせり立つ喉元にエロティシズムの萌芽はありて
密会の記憶薄れる暁に誤作動で鳴る火災報知器
記録的大雨とだけ囁いた　外れた受話器のようであなたは

温もりをやがて失う缶珈琲額に当てている駐車場

踏切のランプ今宵は橙に膨れあがって誰がかなしい

夕景をあるいは夜景と呼ぶころに竹内まりやは身に染みてくる

こんな時間にまだ起きている訳を訊く未明という語のうつくしきかな

アシュケナージを聴かせる夜の首都高に速度超過の悲しみはある

ホロヴィッツの指震えつつ後ろから抱くときの黒髪のさやめき

Shine as a sugar rain　新雪の静寂《しじま》にきみは頭韻を踏む

North by northwest　どこまでも季節はずれの恋人として

さよなら、を一息に打つ指でならペトルーシュカを弾ける気が、した

ラ・マルセイエーズ口ずさむ朝のひまわりひまわりひまわりの海

煮え切らぬ胸の内にて煮えたぎる思いの丈を煮るラタトゥイユ

幾たびも不意に目覚める明け方の夢の続きにいるみたいでさ

If only…あるいは言葉にできぬまま光の朝を眠り続ける
美しきヴィオラのような形態《フォルム》して今宵あなたは何に震える

Directed by Alan Smithee

水差しに水注ぎ足して美容師が鋏を休めたる月曜日

女流棋士が十二手先に人知れず美《は》しき正座を崩す火曜日

地上波に流れるすべてのCMが広瀬すずだとして水曜日

古傷の痛みを増してゆく雨が無声映画に降る木曜日

胸底に沈めたはずのクアラルンプールの夜にいる金曜日

円卓に置かれたままのフランス語辞書めくりたる風の土曜日

漆黒の髪のあわいに一頭の胡蝶の夢を抱く日曜日

いつの日かやがて失うものだけを描こうAlan Smitheeの名で

左利きのあなたに優しくなれたのはその手が僕を窘めるから

貸金庫に眠る無数の国籍のひとつがわたしを呼ぶ午後の夢

わたくしの言葉を奪い去ってゆく鏡の中の腹話術師

美しき午睡のようなデスマスク浅く沈める春の湖

海《オーシャン》にはきっとない美を湛えてる湖《レイク》の例えば対岸の灯を

虹色のBrainstorm　無意識の海へポストイットが降り注ぐ

教官の海へと注ぐ眼差しの奥へ奥へと飛ぶゆりかもめ

アクセルを跳んだあなたの着氷で割れてく破片のひとつとなって

Kiss and Cryに流れた一筋の涙が今も美しいこと

二重スパイ昇進試験の通知書が敵国からも届いたら春

大統領つぶやくたびに大統領首席補佐官現る夕べ

表現の自由が死んでも楽天の永久不滅ポイントがある

イデオロギー滅ぶ夜空に狙撃手の恋人だけが星座を結ぶ

本当はたったひとりを三人にデュマの書き分けたる三銃士

8½《はっかにぶんのいち》オクターヴ彼方からマルチェロ・マストロヤンニの悲鳴

「僕としたことが」に自信をのぞかせて駆けてゆくのが杉下右京

夢の夢の夢のなかではわたくしの恋人だった水原紫苑

悪態のひとつもついてちはやぶる神対応にはほど遠くして

Googleに魔法のランプと打ち込んだ100,000,000人目の夢の暗殺者《アサシン》

左手に開く詩集のかなしさをマリアあなたはあとがきにかえ

愛されていたと思えば君もまた反実仮想の王国へゆく

冥王星《プルート》に夏が来るころ追伸は遅れてあなたへ届くのでしょう

解説　世界は踊る

加藤治郎

枕詞のピロートークと訳されて夜のあわれを踊る流星
探査機が燃え尽きてゆく瞬間もナポレオンズの頭はまわる
銀の義指波打つごとく思い出す海底ピアノの眠れる音を
デッサンを重ねた夜の輪郭を崩してDEEPKISS堕ちてゆく

歌集冒頭の「夜という夜」から引いた。このアメリカの風の香る歌集が日本固有の枕詞から始まるところが面白い。が、次の瞬間、打ち砕かれる。ピロートークとは何たることだ。実際、pillow word と訳されることもある。枕をともにしながら交わす会話とは枕詞の始原から遠い。もともと枕詞は国を讃える詞章に由来し、地名に冠せられたのである。それが性愛の戯れであるピロートークと訳される。するとどうなるか。世界は踊りだす。夜のあわれを貫き流星が踊るという。祝祭だ。枕詞は遺物ではない。生き生きとした言葉として現在を語ることができると示唆している。

探査機が大気圏に突入する。まっしぐらに突っ込み燃え尽きる。激しい映像だ。その瞬間、地上ではナポレオンズというマジシャンのステージがある。ヘルメットのような筒を被せると頭がぐるぐる回るというネタである。不思議であるがコミカルなマジックだ。探査機とこのマジックは無関係である。それでもこの一首はばらばらではない。上句と下句は繋がっている。探査機の燃え尽きる様は悲劇的である。ナポレオンズは喜劇の側にある。直線のイメージと回転するイメージ。つまり、無関係な事象であるが、その対照性から奇妙な力学が生まれ結びついているのだ。

海底ピアノの歌はどうだろう。この歌集には、フロイト、ディケンズ、ドビュッシー、ペドロ・ロメロ、ハーマイオニー・グレンジャー、ジャクリーヌ・デュ・プレと万華鏡のように固有名詞が散乱している。選択には美意識が働いている。それを辿ることも楽しい旅のような経験となるだろう。一方、著者〈五十子尚夏〉のプライベートな事柄は排除されている。ここに生活はない。徹底している。現在、多くの歌人は適度なフィクションを混ぜながら私のことを歌っている。現代短歌においてそれは私性《わたくしせい》と呼ばれ作歌と批評の軸となってきた。『The Moon Also Rises』は異端なのだ。そして、その多国籍性、反私性という側面を見るとき、塚本邦雄の『水葬物語』を想起することはさほど唐突ではないように思われる。

ピアニストは指を失った。銀色の義指は悲劇の後にもたらされたものである。もう弾くことはできないのだろう。波のように緩やかにまた激しく思い出す。海底にあるピアノの眠るような甘美な音を。この美意識は『水葬物語』に通じるものがあろう。が、塚本邦雄はその物語に留まることはなかった。『日本人靈歌』の世界を獲得するのである。それゆえ、五十子尚夏がこの後、惨憺たる日本に直面するのか、注視したいのだ。

「DEEPKISS」の歌は、ニューウェーブ系である。前衛短歌の塚本邦雄からニューウェーブに到るのは自然な流れだ。荻原裕幸、西田政史たちが開拓したレトリックの世界である。一九九〇年代に彼らが多用した記号を含むレトリックを筆者は、表記的喩と呼んだ。意味や音ではなく言葉の表記自体がメタファーとなり得るというものである。▼や！といった記号も使われた。表記が視覚性を伴うことは明らかである。DEEPKISSの文字列が2ポイントずつ小さくなっている。まさに性愛の深みへと堕ちてゆくことのメタファーとなっている。表記的喩は拡張されて、視覚的喩となっている。

Ⅲの「Arpeggio a la Mode」一連の波あるいは階段のような配列にも視覚性への志向が表れている。また「Directed by Alan Smithee」にこんな歌がある。

Google に魔法のランプと打ち込んだ 100,000,000 人目の夢の暗殺者《アサシン》

様々な制約から実現しなかったが、草稿ではGoogleの文字は、青・赤・黄・青・緑・赤で表記されていた。フルカラーである。ちょっとした悪戯のような感覚だったかもしれないが、その自由さがまぶしかった。視覚性を言うなら色彩も範疇であることは当たり前のことなのだ。短歌における視覚性が今後どう進展するかは現在進行形の問題なのである。

アヴァンチュールの顛末はあっけなく、愛し合った後の余韻のなかでふと利己的な寂寞から、僕は不用意な一言を放ったらしい。

「Je t'aime à la folie.（ジュ・テーム・ア・ラ・フォリ。）」

何とも馬鹿げた発言だったが、当時の僕としては他意はなく、とっさに浮かんだ安っぽいセリフを口にしただけだった。〈そんなつもりじゃない〉とか恐らくそんなことを聞き取れぬ言葉で罵られた後、2分後には部屋を追い出されていた。

「パリ再訪」という短編小説から引いた。淡々と綴られ、ふっと風が吹き抜けた感触が残る。こういった小説が歌集に挿入されてもさほど違和感はなくなった。ジャンルの融合は進んでいる。

この乾いた感覚、異文化との接触は、むしろ五十子尚夏のコアを提示している。「ジュ・テーム・ア・ラ・フォリ」は、セルジュ・ラマのシャンソンとして知られる。「あなたが好きで好きでたまらない」と日本のシャンソン歌手にも愛されている曲だ。確かにこの相手にこんな言葉を口にしたら台無しだ。が、この失態をどこか楽しんでいる風情も感じられるのである。

平成がこのまま閉じてゆくことを告げてさびしい住之江競艇　「Once Upon A Time…」

あの夏のエニグマからの信号を壊れたラジオが拾う真夜中　「永遠の死」

シチリアのレモン畑の色彩を知らぬトム・ヘイゲンの憂鬱　「さらば二十世紀」

「あの、場所を変えませんか?」と不意打ちのような誘いのすでにさなかで　「ファム・ファタール」

村雨の露もまだひぬその肌にオー・ド・トワレを吹き掛けている　同

海《オーシャン》にはきっとない美を湛えてる湖《レイク》の例えば対岸の灯を　「Directed by Alan Smithee」

二重スパイ昇進試験の通知書が敵国からも届いたら春　同

悪態のひとつもついてちはやぶる神対応にはほど遠くして　同

Ⅱ・Ⅲから引いた。こう眺めると、住之江競艇が新鮮である。世界の一地方として日本が歌われていることが分かる。「村雨の露もまだひぬ」という本歌取りも極東の国の修辞として際立つ。ちはやぶるという枕詞が神対応に冠せられた。古代の言葉がクレーム対応という現代の場面に瞬時に蘇る。それが短歌という伝統詩の面白さなのだ。こういう世界とシチリアのレモン畑、湖の対岸の灯という美意識が共存するところがこの歌集の豊かさなのである。

短編小説のような短歌もある。エニグマはナチス・ドイツの暗号機だ。その信号を壊れたラジオが受信するとは、何と心の躍る冒険譚の始まりだろう。「あの、場所を変えませんか?」というありふれた誘いも「すでにさなかで」という一言で危険な物語の発端となった。二重スパイ昇進試験も巧妙なフィクションで楽しい。

○

五十子尚夏は毎日歌壇の投稿者だった。登場以来その美意識に注目してきた。この歌集の刊行までのプロセスを至近距離で見たことは幸運だった。現代短歌に多くの問題を投げかける歌集である。多くの読者に出会うことを願っている。

二〇一八年十月二十一日

あとがき

本書には2015年から2018年にかけての短歌324首ならびに散文1編を収録した。いずれも安っぽい感受性と表層的な修辞《レトリック》、そして数多の固有名詞をはじめ引喩にまみれたものばかりとなった。とは言うものの、多分に俗物的でスノビッシュな部分も他ならぬ「私性」として、ある意味では忠実に表したのかもしれない。

表題の『The Moon Also Rises』は、アーネスト・ヘミングウェイの代表作、『The Sun Also Rises（日はまた昇る）』にちなむものだが、拙歌集全体を通じ、僕もまた、《青春の喪失あるいはその回収》をLost Generation《失われた世代》の比喩に託した次第である。なお、太陽の反転としての「月」は、幾たびも歌集内に現れるモチーフであると同時に、衛星《サテライト》の意味合いも含めている。その意は、外縁部に軌道を描く、ということであり、また、中心の重力から逃れられない、ということでもある。このニュアンスが韻律と詩情のなかに〝Rise〟するようであれば幸いである。

短歌をはじめて以来、読者などおよそ想定もせず、ただ恣意的に創作を続けてきた。今、僕が唯一この歌集に願うのは、滅びゆくものへの美意識として、何らかのイメージを紡ぐことだろうか。あるいは、本当はたった一人に届くことだけを、ただ夢見ているのかもしれない。

最後に、監修の加藤治郎さま、ならびに、田島安江さま、黒木留実さまをはじめ書肆侃侃房の皆さまに心より感謝申し上げます。

新月の夜に　　　　五十子尚夏

■著者略歴

五十子尚夏（いかご・なおか）

1989年　滋賀県生まれ
2015年　短歌をはじめる

E-mail:naoka.ikago@gmail.com

「新鋭短歌シリーズ」ホームページ　http://www.shintanka.com/shin-ei/

新鋭短歌シリーズ43

The Moon Also Rises

二〇一八年十二月七日　第一刷発行

著　者　五十子尚夏
発行者　田島安江
発行所　株式会社　書肆侃侃房（しょしかんかんぼう）
〒八一〇 - 〇〇四一
福岡市中央区大名二 - 八 - 十八 - 五〇一
TEL：〇九二 - 七三五 - 二八〇二
FAX：〇九二 - 七三五 - 二七九二
http://www.kankanbou.com　info@kankanbou.com

監　修　加藤治郎
装　画　ありかわりか
装丁・DTP　黒木留実
印刷・製本　株式会社西日本新聞印刷

ISBN978-4-86385-345-4　C0092

新鋭短歌シリーズ ［第4期全12冊］

今、若い歌人たちは、どこにいるのだろう。どんな歌が詠まれているのだろう。今、実に多くの若者が現代短歌に集まっている。同人誌、学生短歌、さらにはTwitterまで短歌の場は、爆発的に広がっている。文学フリマのブースには、若者が溢れている。そればかりではない。伝統的な短歌結社も動き始めている。現代短歌は実におもしろい。表現の現在がここにある。「新鋭短歌シリーズ」は、今を詠う歌人のエッセンスを届ける。

43. The Moon Also Rises　五十子尚夏

四六判／並製／144ページ　定価：本体1,700円＋税

世界は踊りだす

アメリカの風が香り、ちはやぶる神対応がある
現代短歌の美をひらく新鋭歌人の登場　―― 加藤治郎

44. 惑星ジンタ　二三川 練

四六判／並製／144ページ　定価：本体1,700円＋税

魂はどこにでもいける

生と死の水際にふれるつまさき。
身体がこぼさずにはいられなかった言葉が、立ち上がる。―― 東 直子

45. 蝶は地下鉄をぬけて　小野田 光

四六判／並製／144ページ　定価：本体1,700円＋税

放物線をながめるように

見わたすと、この世は明るくておもしろい。
たとえ何かをあきらめるときであっても。　―― 東 直子

好評既刊　●定価：本体1,700円＋税　四六判／並製／144ページ（全冊共通）

37. 花は泡、そこにいたって会いたいよ
初谷むい
監修：山田 航

38. 冒険者たち
ユキノ 進
監修：東 直子

39. ちるとしふと
千原こはぎ
監修：加藤治郎

40. ゆめのほとり鳥
久螺ささら
監修：東 直子

41. コンビニに生まれかわってしまっても
西村 曜
監修：加藤治郎

42. 灰色の図書館
惟任將彥
監修：林 和清

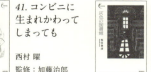